Wortsport

Heinz Brudler

Wortsport

Heitere Sprachspielereien

Bibliografische Information der Deutschen Nationalbibliothek:
Die Deutsche Nationalbibliothek verzeichnet diese Publikation in der Deutschen
Nationalbibliografie; detaillierte bibliografische Daten sind im Internet über
http://dnb.d-nb.de abrufbar.

© 2008 Heinz Brudler
Satz, Umschlagdesign, Herstellung und Verlag:
Books on Demand GmbH, Norderstedt
ISBN: 978-3-8334-7696-9

INHALT

Vorwörtchen

Dieses Buch ist nicht einseitig. Es hat vielmehr viel mehr Seiten und enthält sowohl Stoff zum Lesen als auch zum Lösen.

Die Rätsel, die das Opus aufgibt, sind zweifellos mit. Das heißt, sie sind nicht ohne. Dennoch kann man sie aus eigener Kraft entschleiern, wenn man krea-tief denkt. Und wer tut das nicht? Also werfe man seine Augen nur zur Überprüfung der selbst gefundenen Ergebnisse oder bei hartnäckiger Ratlosigkeit auf die jeweils eingeklammerten Lösungen.

Viel Erfolg und Spaß beim Heben der vorliegenden Sprachschätze wünschen jedenfalls allen, die Sprache schätzen,

Verlag und Au-Tor

Zum Weiterbilden bitte umblättern!

Blumensprache

Der Gebrauch derber Worte ist zweifellos unfein. Man sollte sie also höflich umschreiben. Die folgende Aufstellung will dabei erste Hilfe leisten.

Ausschussware	=	Gremiumgut
Dreckspatz	=	Schmuddelsperling
Feigling	=	Vorsichtiger
Fettsack	=	Rundling
Geizhals	=	Sparer
Häftling	=	Zellenforscher
Hochstapler	=	Aufschichter
Klatschweib	=	Applaudierdame
Kneipenhocker	=	Wirtschaftsprüfer
Kotflügel	=	Fäkalienschwinge
Kuppler	=	Vermittler
Lügenmaul	=	Flunkermund
Mistkerl	=	Dungmann
Pantoffelheld	=	Hausschuhheros
Penner	=	Schläfer
Puffotter	=	Freudenhausschlange
Säufer	=	Trinkherr
Schlappschwanz	=	Mattschweif
Schweinestall	=	Borstentierheim

Vornehme Leser dürften nun begeistert weitere Sprachveredelungen suchen und finden.

Etwas Oberdeutsch

Statt »Kellner« kann man bekanntlich auch »Ober« sagen. Damit dürften für die links abgedruckten Umschreibungen sicherlich die gängigen Bezeichnungen zu finden sein.

Kellnerleib	(Oberkörper)
Kellnerkopf	(Oberhaupt)
Gebissteil eines Kellners	(Oberkiefer)
Teil des Kellnermundes	(Oberlippe)
Sprechorgan eines Kellners	(Oberstimme)
Körperglied eines Kellners	(Oberarm)
Greiforgan eines Kellners	(Oberhand)
Teil des Kellnerbeins	(Oberschenkel)
Mediziner für Kellner	(Oberarzt)
Kellnerausbildungsstätte	(Oberschule)
Kellnerausbilder	(Oberlehrer)
Kellnerkontrolleur	(Oberaufseher)
Weibliche Kellnerverwandte	(Oberschwester)
Kleines Kellnerzimmer	(Oberstübchen)
Schiffsetage für Kellner	(Oberdeck)
Weißes Kellnerkleidungsstück	(Oberhemd)
Kellneranzug	(Oberbekleidung)
Befehl eines Kellners	(Oberkommando)

Berlina Wörta und ihre Bedeutung

Ada	=	Blutbahn
Asta	=	Herbstblume
Dora	=	alter Griechenstamm
Freia	=	Heiratskandidat
Gitta	=	Sperrvorrichtung
Hella	=	frühere Münze
Klara	=	Kornschnaps
Marina	=	Seemann
Marta	=	Quälerei
Meta	=	Längenmaß
Oda	=	deutscher Grenzfluss
Patrizia	=	nobler Bürger
Mischa	=	Mixer
Opa	=	Musikwerk
Parka	=	Fahrzeugabsteller
Pasta	=	Geistlicher
Kutte	=	Kurt
Jute	=	liebe Frau
Teich	=	Backmasse
Fluch	=	Luftreise, auch Ackergerät

Bayrisch für Anfänger

a	=	ein, eine bzw. auch
a A	=	ein A
a a A	=	auch ein A
a Dressbuch	=	ein Anzugkatalog
a-Moll	=	einmal
a moralisch	=	auch moralisch
a normal	=	auch normal
a Part	=	ein Teil
a Version	=	eine Fassung, eine Lesart
ka	=	kein, keine
ka Barett	=	keine schirmlose Mütze
ka Biene	=	keine Imme
ka Länder	=	keine Staaten
ka Mehl	=	kein gemahlenes Getreide
ka Mille	=	keine Tausender
ka None	=	keine neunte Tonstufe
ka Nute	=	keine Vertiefung
ka Pelle	=	keine Wursthaut
ka Plan	=	kein Vorhaben
ka Rat	=	kein Vorschlag
ka Rate	=	keine Teilzahlung
ka Rosse	=	keine Pferde
ka Rotte	=	keine Soldatenschar
ka Taster	=	kein Fühler

Etwas Säggsch (Sächsisch)

Bark	=	Park
Bass	=	Pass
Bärchen	=	Pärchen
Bäckchen	=	Päckchen
Bein	=	Pein
Blatt	=	Platt
Bader	=	Pater
Gebäck	=	Gepäck
Bulle	=	Pulle
Gabel	=	Kabel
Gasse	=	Kasse
Gönner	=	Könner
Gram	=	Kram
Grippe	=	Krippe
Gunst	=	Kunst
Gurt	=	Kurt
Grete	=	Kröte
Dank	=	Tank
Dankward	=	Tankwart
Deich	=	Teich
Deckel	=	Teckel
Dennis	=	Tennis
Dreck	=	Treck
Duden	=	Tuten

Englisch für Anfänger

Dass die englische Sprache eng mit der deutschen verwandt ist, bestreitet kaum jemand. Die allerletzten Zweifler werden sich von der folgenden Aufstellung überzeugen lassen.

all right	=	Weltraumrecht
bell	=	Hund
brother	=	Brotherr
closed	=	Klosett
comfort	=	Komm fort!
dinner	=	Diener
eleven	=	Lehrlinge
finish	=	finnisch
first	=	Dachbalken
Happy End	=	Imbiss-Schluss
Labour Party	=	Leberpartie
Make-up	=	Mach ab!
Middlesex	=	Durchschnittserotik
Mister	=	Dungstreuer
policeman	=	Versicherter
quick	=	Ferkel
Scotland Yard	=	Schotten-Meter*
second	=	Sekunde
secret	=	Drüsenabsonderung
ticket	=	Uhr

*1 Yard = 91,44 cm = 1 Minimeter. Typisch schottische Knauserei!

Ein Franzose spricht Deutsch

Bekanntlich können Franzosen nicht »ha« sagen. Wozu das führen kann, zeigen ein paar Beispiele.

ha ha
(a a)

Hella schwärmt für Hessen.
(Ella schwärmt für Essen.)

Hanna kennt Halle an der Saale.
(Anna kennt alle an der Saale.)

Heiner schenkte Helga sein Herz.
(Einer schenkte Elga sein Erz.)

Hadrian stand an der Hecke.
(Adrian stand an der Ecke.)

Hedda schätzt Heißgetränke.
(Edda schätzt Eisgetränke.)

Hein Haas liebt Hannelore.
(Ein Aas liebt Annelore.)

Heike ist hoch begabt.
(Eike ist ooch begabt.)

Die Soldaten verheerten das Land.
(Die Soldaten verehrten das Land.)

Hanni mag einen Müllheimer.
(Anni mag einen Mülleimer.)

Das ist ja heiter!
(Das ist ja Eiter!)

Chinesisch für Anfänger

Die weit verbreitete Befürchtung, das Chinesische sei schwer zu erlernen, ist ganz und gar unbegründet; denn es ist dem Deutschen viel ähnlicher als allgemein angenommen. Eine kleine Auswahl von Vokabeln beweist dies.

Beißer des Rindes	=	Ku tsan
Flirt	=	Li be lai
Französisches Lied	=	Schang song
Gängelei	=	Leng kung
Gastwirt	=	Mun tscheng
Geld	=	Ping ke
Geldmangel	=	Ping ke mang ko
Junger Mann	=	Yüng ling
Kabel	=	Lai tung
Kleine Singweise	=	Li tjen
Kraftstoffbehälter	=	Ben tsin tang
Mäusefängerin	=	Mi tse ka tse
Menge	=	Kwan tum
Nordamerikaner	=	Jeng ki
Pfötchenwärmer	=	Han tschu
Polare Kraft	=	An tsi hung
Programmzeitschrift	=	Fung tsei tung
Versammlung	=	Mi ting
Wintersportanlage	=	Schi schan tse

Vorwärts und rückwärts

Die folgenden Sätze lauten gleich, ob man sie nun – wie üblich – von links nach rechts oder von rechts nach links liest. Es sind so genannte Palindrome. Bewundernswert ist auch ihr tiefer Sinn.

LIEB NIE EIN BEIL!

NEFFEN NEPPEN NEFFEN.

NIE WILL ELLI WEIN.

SIE ESSE EIS!

NETTER RENTNER TAT RENTNER RETTEN.

FEIL REITTIER NEBEN REITTIER LIEF.

TIMOS LAMA KAM ALSO MIT.

E, TRUG DER FLEGEL FRED GURTE?

EDIERTE GOLO GETREIDE?

GILDA, ALLE NENNEN ELLA ADLIG.

SEI FIES, STETS SEI FIES!

SAG NIE, MIES SEI MEIN GAS!

DER GOLFBALL ABFLOG, RED.

ES EILT, LIESE!

HANNE SAH HASEN NAH.

ANNI MEINT NIE MINNA.

DIE LIDA TUT ADI LEID.

NUN, REDE JEDER NUN!

I, SO RED NUR, RUNDE ROSI!

Wer Zeit und Geduld hat, kann ja versuchen, selber Palindromsätze zu bilden.

Zur Nachahmung empfohlen

Hierdurch wird uneingeweihten Lesern ein praktisches Mitteilungsverfahren vorgestellt, das Verwaltungsmenschen schon seit langem begeistert anwenden, nämlich das Rundschreiben.

Alles schafft

Arbeiter schafft.
Bürger schafft.
Landwirt schafft.
Gastwirt schafft.
Hauswirt schafft.
Lehrer schafft.
Schüler schafft.
Herr schafft.
Diener schafft.
Knecht schafft.
Freund schafft.
Feind schafft.
Mutter schafft.
Vater schafft.
Nachbar schafft.
Partner schafft.
Kamerad schafft.
Vormund schafft.
Wachmann schafft.
Weltmeister schafft.

Wer noch mehr Schaffende findet, darf sich seiner Schaffenskraft
rühmen.

Begriffsbestimmungen

Die Bedeutung der links stehenden Wörter kennt jeder halbwegs gebildete Mensch.

Die Dürre	=	Trockenheit
Die Feige	=	Südfrucht
Die Feile	=	Handwerkszeug
Die Lasche	=	Verbindungsstück
Die Laute	=	Musikinstrument
Die Matte	=	Bodenbelag
Die Ranke	=	Kletterspross
Die Runde	=	Sportetappe
Die Satte	=	Milchschüssel
Die Schlappe	=	Niederlage
Die Stille	=	Lautlosigkeit
Die Tolle	=	Haartracht
Die Wache	=	Aufsicht
Die Weiche	=	Gleisteil
Die Weise	=	Verfahrensart
Die Wüste	=	Trockengebiet

Genies entdecken natürlich noch etwas Besonderes an den erklärten Wörtern. Was nämlich?

(Jeder der Begriffe kann auch eine Frau meinen.)

Namenspiel

Viktor Staal nie.

Werner Finck eine Fliege.

Martin Held sein Wort.

Wolfgang Staudte den Wasserlauf.

Jens Weisflog nach Paris.

Alfred Schlieffen die Füße ein.

Gustav Klimt auf den Gipfel.

Lothar Späth in die Runde.

Jonas Lie sich ein Buch.

Joseph Wirth Schlosser.

Joachim Maass die Entfernung.

Eliot Feld auf die Knie.

Horst Tappert im Dunkeln.

Anmerkung:
Die genannten Prominentennamen stehen in jedem guten Lexikon.

Gute Bekannte

Narr aus dem Kernland Preußens
(Brandenburger Tor)

Hellhäutige Frau aus Spree-Athen
(Berliner Weiße)

Schwächling aus Goethes Geburtsort
(Frankfurter Würstchen)

Teerstraßenglätter aus Österreichs Metropole
(Wiener Walzer)

Träger Fahrer einer Straßenbaumaschine
(Langsamer Walzer)

Ungläubiger Norddeutscher
(Heide in Holstein)

Schutzdachbesitzer
(Schirmherr)

Brutaler Gemäldefeind
(Bildhauer)

Gut gelaunte Philosophin
(Fröhliche Weise)

Standbildträger
(Büstenhalter)

Zwei echte Berliner
(Vata Lismus und Vata Morgana)

Zwei echte Araber
(Ben Zin und Ben Zol)

Zwei echte Amerikanerinnen
(Missis Hippie und Miss Soury)

Berühmte Werke und ihre Schöpfer

»Der Graf« von Monte Christo
»Der Junge« von Sankt Pauli
»Prinz Friedrich« von Homburg
»Der Kaufmann« von W. Nedig
»Die Bürger« von K. Läh
»Die Heiden« von Kummerow
»Die lustigen Weiber« von Windsor
»Die Jungfrau« von Orleans
»Benedikt« von Nursia
»Götz« von Berlichingen
»Johann Wolfgang« von Goethe
»Otto« von Bismarck
»Hoffmann« von Fallersleben
»Theodor« von Tane
»Minna« von Barnhelm
»Meta Morphosen« von O. Wieth
»Der Barbier« von Sewilja
»Der Bajazzo« von Leon K. Wallo
»Mona Lisa« von Leo Nardo
»Das Jüngste Gericht« von Michel Angelo

Laut-Gedichte

Man lese Laut-Gedichte laut,
damit ihr Bau so recht erbaut!

au, au! Haut Frau Kraus Pauls Braut aufs Haupt,
Paules Braut aufbrausend schnaubt.
Schauerlich faucht drauf auch Paul,
haut Frau Kraus aufs laute Maul,
außerdem haut Paul Frau Kraus
aufs mausgraue Auge. – Aus.

ei, ei! Hein reizt Reiners reiner Wein
zweifelsohne ungemein.
Reiner reicht Hein seinen Wein,
einen reifen reinen Wein.
Heins Gelöstheit zeigt astrein:
Reiners Rheinwein heizt Hein ein.
Fein.

Fauler Zauber Es gibt Menschen, die laut klagen,
wenn die Karten nicht gut lagen,
und sie möchten sie deswegen
gleich noch einmal besser legen.
Doch muss denn das Glück obsiegen,
wenn die Karten richtig liegen?
Mancher wurde schon betrogen,
weil die Karten glattweg logen.
Deshalb denken alle Klugen:
Wozu in die Karten lugen?
Schützte es vor Schicksalsschlägen,
wenn die Karten günstig lägen?
Und wer hätt' noch kein Vermögen,
wenn die Karten niemals lögen!?
Ach, man muss sich darein fügen,
dass die Karten eben lügen.

Knifflige Fragen

Braut Jungfer?
Fliegen Fänger?
Floh Zirkusbesitzer?
Fuhr Unternehmer?
Haut Arzt?
Rasen Mäher?
Raten Käufer?
Reifen Fabrikanten?
Ritt Meister?
Schwamm Taucher?
Sprach Schatz?
Stahl Industrieller?
Weichen Wärter?
Locken Köpfe?
Spinnen Tiere?
Steppen Wölfe?
Schreit Vogel?
Weiden Kätzchen?
Schützen Gräben?
Spuren Elemente?
Log Buch?
Stand Pauke?

Äußerst knifflige Fragen

Biss Marc?
Fällt Herr?
Fiel Schreiber?
Gurrt Muffel?
Jagt Aufseher?
Karrten Spieler?
Küssten Bewohner?
Misst Kerl?
Nässt Bauer?
Schilt Bürger?
Späht Entwickler?
Starrt Läufer?
Aß Geier?
Blühten Blätter?
Hemmt Bluse?
Schallt Anlage?

Schlussfrage:
Was wird wohl auf diese Seite folgen?

(Antwort: Seite 28)

Namenrätsel

Mit Hilfe der eingeklammerten Vornamen sind die entsprechenden Nachnamen zu notieren. Deren Anfangs- und Endbuchstaben nennen einen deutschen Schauspieler.

1 _____

deutscher Skispringer (Jens)

2 _____

amerikanischer Tennisspieler (André)

3 _____

tschechischer Tennisspieler (Ivan)

4 _____

Schweizer Volksheld (Wilhelm)

5 _____

deutscher Märchendichter (Michael)

6 _____

deutsche Sopranistin (Anneliese)

(1 Weißflog, 2 Agassi, 3 Lendl, 4 Tell, 5 Ende, 6 Rothenberger. –
Walter Giller)

Zweideutigkeiten

Aufschneider	– Auf, Schneider!
Bademeister	– Bade, Meister!
Blasebalg	– Blase, Balg!
Fahrlehrer	– Fahr, Lehrer!
Folklore	– Folg Lore!
Hackepeter	– Hacke, Peter!
Kaufmann	– Kauf, Mann!
Kommandant	– Komm, Mandant!
Losverkäufer	– Los, Verkäufer!
Marschbauer	– Marsch, Bauer!
Malediven	– Male Diven!
Ottomane	– Otto, mahne!
Pennbruder	– Penn, Bruder!
Rennfahrer	– Renn, Fahrer!
Ruhestörer	– Ruhe, Störer!
Schauspieler	– Schau, Spieler!
Stehaufmännchen	– Steh auf, Männchen!
Stilkunde	– Stiehl, Kunde!
Tanzmusiker	– Tanz, Musiker!
Vormensch	– Vor, Mensch!
Weichtier	– Weich, Tier!

Jedem das Seine!

Urlauber und ihre Ferienplätze sollten stets zusammenpassen.
Nachstehend ein paar Empfehlungen.

Bauherren	– Schaffhausen
Faulpelze	– Aalen
Feinschmecker	– Essen
Gärtner	– Gießen
Gewinner	– Siegerland
Grobiane	– Rüdesheim
Hitzköpfe	– Feuerland
Kahlköpfe	– Plattensee
Kellner	– Oberhausen
Kriecher	– Bückeburg
Lehrer	– Schulenberg
Musikfreunde	– Singen
Pastoren	– Pfaffenhofen
Schlanke	– Bad Dürrheim
Schwangere	– Kap der Guten Hoffnung
Sittsame	– Costa Brava
Verliebte	– Küssnacht
Vermögende	– Reichenbach
Wasserratten	– Baden
Zufriedene	– Glückstadt

Wem weitere Empfehlungen einfallen, der darf sich als Urlaubsberater betrachten.

Gesteigerte Orte

Berlinchen	–	Berlin
Hamm	–	Hammer
Hof	–	Oberhof
Lingen	–	Überlingen
Winseldorf	–	Weinstadt
Rehfelde	–	Hirschfelde
Kleinbadegast	–	Großbadegast
Hähnchen	–	Hahn
Königsbach	–	Kaisersbach
Hochberg	–	Höchstberg
Schönstadt	–	Schönerstadt
Stetten	–	Mehrstetten
Kuchen	–	Großkuchen
Silberhausen	–	Goldhausen
Unterwasser	–	Oberwasser
Weil	–	Weiler
Büchel	–	Buch
Wäldle	–	Wald
Vierkirchen	–	Neunkirchen
Fünfeichen	–	Siebeneichen
Dreisen	–	Viersen

Alle genannten Orte gibt es wirklich, wie jeder gute Atlas beweist.

Kurzschrift für gute Rechner

Die Ersetzung von Buchstaben durch Ziffern kann be8liche 1parungen erbringen. Deshalb sollte man das letzverfahren so oft wie möglich anwenden. Hier ein paar Han3chungen.

Auch das kl1te Kind hat schon 10 10ägel.

7 Maurer 7 s8e Kies.

2 W8meister spielten 1t auf dem Re4 66.

1lriede m8 mit ihrem 2sitzer eine Run3se durch die f1ten Badeorte Holst1.

Der Kla4virtuose kreuzte mit seiner Pr8j8 vor der Ri4a.

In der N8, da gib 8! Wenn der Mond 18, erw8 die Liebe.

2samkeit ist besser als 1amkeit, und nur 1iedler werden nie des 1ams1 müde.

Wer die Vorteile dieser Neuerung nicht 1ieht und 3st be2felt, dem ist nicht zu h1len.

Schön verdreht

Macht man – beispielsweise – aus GEIER durch Buchstabenumstellung REGIE, EIGER oder RIEGE, so nennt man das Anagramme. In der beschriebenen Art kann man auch ganze Sätze verändern. Betrachten und bestaunen Sie als Muster die folgenden, äußerst sinnigen Neubildungen aus dem Satz

DAS IST EIN WUNDERBARES SPIEL.

DA SIND ABER WURSTSPEILE, INES!
DIE WANDA PREIST SEIN BUSSERL.
DU, BASE, DA IST ERWINS PILSENER.
EIN DIWAN IST BESSER ALS PUDER.
EIN STURES WEIB PRIES DAS LAND.
LARS WIRD NIE DIE BASE STUPSEN.
LINDAS PEER WURDE NIE BASSIST.
SIE WAR IN PISA, LEEDS UND BREST.
SIE WISSEN ABER, DA IST PLUNDER.
SIR, DIES WAR ANNS PUDELBESTIE.
TED WIRD IN PARIS SESSEL BAUEN.
URSEL WIRD DABEI SPINAT ESSEN.

Vielleicht versuchen Sie nun, aus dem Ausgangssatz noch drei bis zwei weitere Anagramme zu bilden. Wer es schafft, darf sich zur Belohnung eine Flasche Wein kaufen.

Merk-würdige Sprüche

Wer niemals Ann fängt, bringt nie was zu Stande.
Üb immer treu Unredlichkeit!
Vorbeugen ist besser als Heulen.
Die Sonne scheint über Gerächte und Ungerächte.
(Meinung der Westernhelden)
Des Menschen Villa ist sein Himmelreich.
Im Dunkeln ist gut funkeln.
Die Axt im Haus erspart den Zimmerbrand.
Ein Mahl ist kein Mahl. (Schlemmerregel)
Steter Tropfen höhlt den Hein. (Seemannseinsicht)
Über Geschnack lässt sich nicht streiten.
Erst Wäglein, dann Wagen! (Autokäufer-Devise)
Die Katze lässt das Mauzen nicht.
Wo man sinkt, da lass dich nur nicht nieder!
Böse Menschen haben keine Lider.
Unrecht Gut gedeihet, nicht?
Gelt, allein macht nicht glücklich?
Zum Lärmen ist niemand zu alt.
Was du nicht willst, dass man dir tu',
das füge einem andern zu!
Liebe keinen Nächsten wie dich selbst!
Je später der Abend, je schöner die Feste.
Lieber Blödeleien als blöde Laien!
Liegen haben kurze Beine.

Ungehobene Schätze

Damit in Poesie-Alben und Gästebüchern nicht immer dieselben Sprüche wiederkehren, nachstehend einige weniger bekannte Zitate zum freundlichen Gebrauch.

Ich habe nichts gesehn.	Shakespeare
Es kann sein.	Lessing
Zu Pferde!	Goethe
Ich will nichts wissen.	Schiller
Lass uns zu Bette gehn.	Kleist
Ah, welche Situation!	Gogol
Trink Sodawasser, Mensch!	Ibsen
So, das wird genügen.	Brecht

Werkangaben, von oben nach unten:
Julius Caesar, Minna von Barnhelm, Götz von Berlichingen, Die Räuber, Prinz Friedrich von Homburg, Der Revisor, Die Wildente, Die Dreigroschenoper.

Frisch gemischt

Was manchen Schlagerkomponisten recht ist, muss findigen Dichtern billig sein, nämlich aus alten Werken ein neues Opus zu mixen. Als Beispiel folgt der 1. Akt eines Dramas.

> Wohin?
> Forsche nicht!
> Und was ist in dem Paket da?
> Hier, die Perücke!
> Keine Zigaretten?
> Nee, is nich!
> So gehab dich wohl!

Verwendete Zutaten, von oben nach unten:
Die Dreigroschenoper, Wilhelm Tell, Nora, Der zerbrochene Krug, Hedda Gabler, Der Biberpelz, König Lear.

Seh-Gedichte

... muss man sehen, um sie zu verstehen.

Toll

Justus war in Kenia.
Und dort traf er
Xenia.
Des Werks Gehalt sich dem erschließt,
der nur die Anfangslettern liest.
(JUX)

Klar

*Un*begabte Macker
sinnen doch oft wacker.
Das entstehende Produkt
ist hier schräg gedruckt.
(*Unsinn*)

Eigenartige Karte

Liebster, bester Bum,
Du fehlst mir sehr, und drum
kannst Du im schönen Buchen
mich hoffentlich besuchen;
gern möcht' ich hier Dich Knaben
haben.
Deine Dich liebende
Eva Lotte
Zweideutigkeit entsprießt dem Kärtchen,
liest abwärts man die ersten Wörtchen.
(Liebster, Du kannst mich gern haben.
Deine Eva)

Einzahl und Mehrzahl

Sprachbegabten Bürgern wird es nicht schwer fallen, von den links aufgeführten Wörtern jeweils die Mehrzahl zu bilden.

Das Blut	(die Blüte)
Der Funk	(die Funken)
Der Grill	(die Grille)
Das Heu	(die Heuer)
Die Kost	(die Kosten)
Das Laub	(die Laube)
Das Mark	(die Marke)
Das Moll	(die Molle)
Das Platt	(die Platte)
Der Rahm	(die Rahmen)
Das Rot	(die Röte)
Der Schlaf	(die Schläfe)
Der Stuck	(die Stücke)
Der Sund	(die Sünde)
Der Tran	(die Träne)
Das Watt	(die Watte)
Das Wild	(die Wilde)
Das Zink	(die Zinke)
Das Zinn	(die Zinne)

Klein und groß

Wie lauten zu den links stehenden Verkleinerungsformen die Groß-
ausgaben?

Das Bächlein	(die Bache)
Das Bändchen	(die Bande)
Das Bärchen	(die Bar)
Das Beutelein	(die Beute)
Das Büchlein	(die Buche)
Das Busserl	(der Bus)
Das Deckchen	(das Deck)
Das Engelein	(die Enge)
Das Fünkchen	(der Funk)
Das Kittchen	(der Kitt)
Das Läppchen	(der Lappe)
Das Listchen	(die List)
Das Mündel	(der Mund)
Das Müsli	(die Muse)
Das Nockerl	(der Nocken)
Das Päckchen	(das Pack)
Das Pöstchen	(die Post)
Das Pümpchen	(der Pump)
Das Tränlein	(der Tran)
Das Tröpfchen	(der Tropf)
Das Tütchen	(die Tute)
Das Wetterchen	(der Wetter)
Das Windchen	(die Winde)
Das Würzlein	(die Würze)

Erheiternde Namen

Heli Kopter
Marie Nade
Milli John
Pia Nistin
Resi Denz
Rosi Nante
Wanda Lismus
Zarah Tustra

Ali Mente
Bill Jett
Chris Tall
Leo Part
Mario Nette
Peter Sielje
Theo Loge

H. Lunke
K. Mehl
K. Oth
P. Dant
R. Reger
D. K. Dent

Vielleicht suchen faustische Leser nun selber lustige Namen? Es wäre bei weitem nicht das Sinnloseste, was Menschen schon getan haben.

Rätsel

Was ist das Wichtigste an folgenden Begriffen?

Ausschluss
Beuteltier
Blusengröße
Extraklasse
Flechterei
Fledermaus
Glossensprache
Gluckhenne
Kaufmannslehre
Klippe
Leberwurst
Mühle
Pol
Schlafraum
Schlaumeier
Schlund
Steinblock
Torschließer
Wäscheklammer

(Das Wichtigste ist in jedem Falle das l!
Probeweises Weglassen desselben beweist es.)

Fragenpaare

Wo liegt der Magen?
(oberhalb der Gürtellinie)

Und wo liegt der Po?
(in Italien)

Wer ist die berühmteste Frau?
(Eva)

Und wer ist der berühmteste Mann?
(Thomas Mann)

Was ist das Wichtigste beim Schweißen?
(der vierte Buchstabe)

Und was ist das Wichtigste an der Knackwurst?
(natürlich der – Geschmack)

Womit fängt man Wildpferde?
(mit dem Lasso)

Und womit fängt man Tiger?
(natürlich mit Herzklopfen)

Was gebührt einem edlen Hund?
(ein Stammbaum)

Und was gebührt einem gewöhnlichen Hund?
(ein Baumstamm)

Womit beginnt jedes Fußballspiel?
(mit dem Anpfiff)

Und womit beginnt jedes Liebesspiel?
(mit I)

Männer und ihre Frauen
Der Tragödie erster Teil

der Aga	–	die Agathe
der Angler	–	die Anglistin
der Filius	–	die Filiale
der Hans	–	die Hanse
der Klaus	–	die Klause
der Knut	–	die Knute
der Korsar	–	die Korsage
der Kuli	–	die Kulisse
der Kurt	–	die Kurtisane
der Manscher	–	die Manschette
der Mime	–	die Mimose
der Ober	–	die Oberin
der Patron	–	die Patrone
der Pope	–	die Popeline
der Sarde	–	die Sardelle
der Vetter	–	die Vettel
der Winzer	–	die Winzige
der Zecher	–	die Zechine
der Zyprer	–	die Zypresse

Männer und ihre Frauen
Der Tragödie zweiter Teil

der Baas	–	die Baase
der Boy	–	die Boyrin
der Buhle	–	die Buhlette
der Friese	–	die Friesöse
der Khan	–	die Khanone
der Laffe	–	die Laffette
der Maat	–	die Maatrize
der Major	–	die Majonäse
der Mieter	–	die Mietse
der Mohr	–	die Mohrelle
der Narr	–	die Narrzisse
der Ohm	–	die Ohma
der Prahler	–	die Prahline
der Senior	–	die Seniorita
der Senn	–	die Sennse
der Sylter	–	die Syltse

Bekannte Melodien

Ah, Ida!
Reingold
Marga Rete
Die Verkaufte braut
Jägerkorps
In Termezzo
Nah Buckow
Kap Ritscho
Allee Gretto
Die Vertimento
Solvejgs Lid
An Dante
Doltsche wie Watsche
Bock Katscho
So naht Tine
Mondschein so nahte
Miss sah Solemnis
Pastor Rale
Orpheus, Inder, Unterwelt
Florentiner, marsch!
Zigeunerwaisen
Entchen von Tharau
Wo die Lärche sinkt
Der Jäger in dem Grünen wallt

Für Musikkenner

Das Lied von einer Jahreszeit im Ruhestand:
Winter a.D.

Das Lied vom Eintreffen eines deutschen Liedermachers:
Der Mey ist gekommen.

Das Lied von der Ankunft eines deutschen Gewerkschaftsführers:
Trarira, der Sommer, der ist da!

Das Lied von der Liebeserklärung an einen kleinen Maat:
O Mätchen, mein Mätchen, wie lieb' ich dich!

Das Lied vom Speiseverhalten des Homo sapiens:
In der Nacht isst der Mensch nicht gern alleine.

Das Lied vom standhaften Zuschauer:
Das kann doch einen Sehmann nicht erschüttern.

Das Lied von einer herrlichen teutonischen Ackergrenze:
Oh, du wunderschöner deutscher Rain!

Das Lied vom Erschrecken eines Italieners über seinen durchgelaufenen Schuh:
O Sohle mio!

Berühmte Männer

Herr Barium
Herr Bei
Herr Je
Herr Jéminé
Herr Kulisch
Herr Melin
Herr Metisch
Herr Mine
Herr Nieder
Herr Rann
Herr Rapp
Herr Rauf
Herr Raus
Herr Rein
Herr Rüber
Herr Rumm
Herr Runter
Herr Vor
Herr Zogen-Aurach

Übrigens ...
Wer Anders heißt, der heißt nicht anders.
Denn hieße er anders, so hieße er nicht Anders;
heißt er aber nicht anders, so heißt er Anders.

Merk-würdige Leute

Für die links aufgeführten Personen sind andere, gebräuchliche Bezeichnungen zu suchen.

Frauenchirurg	(Damenschneider)
Bodenkäufer	(Erdkunde)
Füllerbenutzer	(Federhalter)
Ackerpiker	(Feldstecher)
Brandbekämpferboss	(Feuerwehrleiter)
Draufgänger	(Forscher)
Landesherr in Heilbehandlung	(Kurfürst)
Schreihals	(Lautsprecher)
Geldfälscher	(Notenschreiber)
Seemann mit Untergewicht	(Leichtmatrose)
Reinliche Nordeuropäer	(Waschlappen)
Reitsitzträger	(Sattelschlepper)
Schnapssieder	(Spirituskocher)
Finanzbeamter	(Steuermann)
Panzerwagenpfleger	(Tankwart)
Töpfermeister	(Tonkünstler)
Zeitmesserpräsentierer	(Uhrzeiger)
Zeitmesserstemmer	(Uhrheber)
Kein Chef	(Nichtleiter)
Verschwiegener Kaufmann	(Geheimniskrämer)

Merk-würdige Ausrufe

Ah, Moll!
Au, Tomaten!
Au, Toren!
Auf, Käufer!
Aus, Läufer!
Hu, Moor!
I, Dohle!
Oh, Karina!
O Leander!
He, Lene!
Na, Tourfreund!
Fein, Mechaniker!
Prima, Ballerina!
Klasse, Frau!
Schön, Geist!
Toll, Wuterreger!
Mies, Macher!
Buh, Mann!
Tor, Mann!
Übel, Täter!

Mahnung zur Bescheidenheit

Glaube nur keiner, er sei schon weit auf der Erde herumgekommen. Zum Beispiel war gewiss noch niemand in Dizien, in Fam, in Ferno, in Jektion, in Memoriam, in Petto, in Spe, in Telligent, in Tendant, in Ternat, in Trigant und in Ventar.

Finden Sie weitere Orte, in denen noch kein Mensch gewesen ist?

Woher stammt der Mensch?

Dieses Problem bewegt bis auf den heutigen Tag Anthropologen, Biologen und Theologen. Die Germanisten indessen haben auf obige Frage längst eine Antwort gefunden. Sie entdeckten: Der Mensch entstammt dem Zentrum einer dämlichen Fußbekleidung. Das erscheint unglaublich, doch hier ist der Beweis:
DAMENSCHUH.

Insel-Gedichte
ana-logisch geschrieben

Es hat sich ein Künstler auf Sylt
einen alten Traum jüngst erfylt.
Er entblößte just
eine Frauenbrust —
indem er ein Denkmal enthylt.

Es hatte ein Jüngling auf Föhr
beim Liebeswerben stets Malöhr.
Selbst wenn er schrie,
fand er doch nie
bei irgendeiner Frau Gehöhr.

Ein Fräulein war auf Langeneß,
das sprach: »Ich merk' mit Bangen eß:
Nach Männerart
sprießt mir ein Bart.
Ich seh' an meinen Wangen eß.«

Ein Bursche von der Hallig Hooge,
der spritzte sich mal eine Drooge.
Nach diesem Stich
fühlte er sich
als Meerjungfrau auf hoher Wooge.

Ein Rätselfreund auf Nordstrand
meist Spaß bei seinem Spord fand.
Doch Sorgen nahten,
wenn er beim Rahten
nicht jedes richt'ge Word fand.

Ein Franzmann kam nach Helgoland
und fand die Insel imposand.
Er schwärmte sehr
noch hinterhehr:
»Ganz errlisch war's auf Elgoland.«

Ein Mann machte Urlaub auf Borkum,
und dort trieb ihn anfangs die Sork um,
beim Bad im Meer
ertränke eer.
Drum band er sich dann immer Kork um.

Ein Eingeborener auf Juist,
der fand den Fremdenverkehr wuist.
Ihm war verhasst
ein jeder Gasst,
und nie hat er einen gegruist.

Jüngst ging 'nem Herrn auf Norderney
sein Fernsehapparat entzwey.
Da rief der Mann
die Werkstatt ann,
dass er in höchster Sehnot sey.

Ein Geck fand es öde auf Baltrum
und lief als betrübte Gestalt rum.
Dann zog der Fant
ins Sauerlant.
Dort lief er dann glücklich im Walt rum.

Ein Zahnarzt war auf Langeoog,
der Zähne ohne Bange zoog.
Ja, es ist wahr,
dass er sogahr
oft Löwenzahn per Zange zoog.

Ein Ehemann auf Spiekeroog
glatt hundertzwanzig Kilo woog.
Doch bald war er
nicht mehr so schwer,
da er den Ring vom Finger zoog.

Es lebte einst auf Wangerooge
ein grundsolider Geolooge.
Anstatt Kaffee
trank er nur Tee.
Drum nannt' man ihn auch Teeolooge.

Fragen
über
Fragen

Warum ist Süffel Max so froh über die Lage?
(Er hat sie nicht selbst geben müssen.)

Weshalb missfiel Bauer Ott die große Dürre?
(Er liebte eine kleine Dicke.)

Wieso brachte Herr Bade kein Paket zur Post?
(Er dachte: Was man nicht aufgibt, hat man nie verloren.)

Warum bekam Frau Stickenschuldt das leicht verdauliche
Weißbrot nicht?
(Sie hatte Schwarzbrot verlangt.)

Weshalb applaudierte niemand, als der berühmte
Zauberkünstler Bertini einen Vogel verschwinden ließ?
(Es ist halt nichts Besonderes, ein Brathähnchen zu verzehren.)

Wieso mied die hungrige Forelle den fetten Köder?
(Sie wusste: Die Sache hat einen Haken.)

Adel verpflichtet

Wenn man schon glaubt, Mitmenschen beschimpfen zu müssen,
dann verzichte man wenigstens auf abgedroschene Ausdrücke und
bediene sich neuer Wendungen. Hier eine Auswahl.

per Du   Du Blee!
         Du Blette!
         Du Blone!
         Du Brovnik!
         Du Delei!
         Du Ell!
         Du Ellant!
         Du Ett!
         Du Katen!
         Du Plikat!
         Du Plizität!

per Sie   Sie Bylle!
         Sie Esta!
         Sie Glinde!
         Sie Gnal!
         Sie Louette!
         Sie Mone!
         Sie Mulant!
         Sie Natra!
         Sie Rene!
         Sie Tuation!
         Sie Zilianer!

Notenschrift

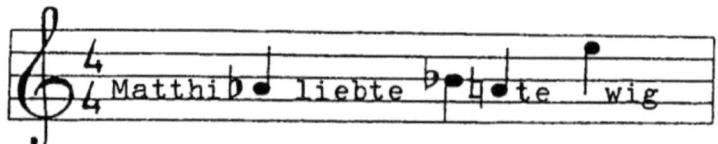

(Matthi-as liebte Be-a-te e-wig.)

(E-gon ge-fällt As-trids BeHa.)

(The-a hielt Ge-ro auf Dis-tanz.)

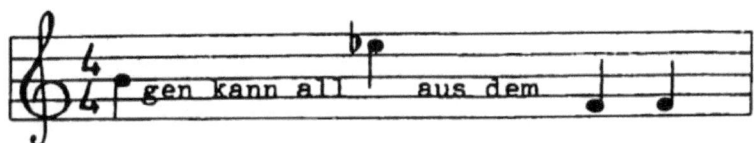

(Ha-gen kann all-es aus dem Eff-eff.)

(Othello hat es Des-de-mona ge-ge-ben.)

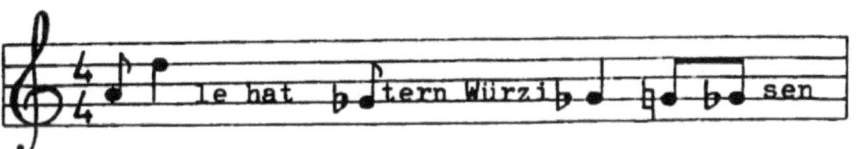

(A-de-le hat ges-tern Würzi-ges ge-ges-sen.)

Versrätsel

Ein Tanz aus Böhmen, einst modern,
liegt heut den Menschen ziemlich fern.
Mixt man die Buchstaben des Worts,
ergibt sich ein Begriff des Sports.

(Polka – Pokal)

Es ist schon lange, lange her,
da nannte man so den Frisör.
Werden die Silben umgedreht,
ein Wort für ein Lokal entsteht.

(Barbier – Bierbar)

Zwei Wörter sind zunächst gefragt,
die man für »netter Herr« auch sagt.
Wenn man die Wörter dann vereint,
ein Maler aus Berlin erscheint.

(lieber Mann – Liebermann)

Nützliche Übung

Jede der zwölf Reihen enthält einen Begriff, der nicht hinein gehört. Suchen Sie bitte diese Fremdkörper!

Teerose	Seerose	Alpenrose	Neurose
Nadelwald	Laubwald	Mischwald	Ewald
Kuchenteig	Mürbeteig	Keksteig	Gehsteig
Säugetier	Nagetier	Beuteltier	Quartier
Fixstern	Wandelstern	Schweifstern	Western
Obstladen	Bauchladen	Buchladen	Kuhfladen
Fahneneid	Treueid	Meineid	Futterneid
Baumstamm	Baumrinde	Baumblüte	Baumeister
Blaumeise	Kohlmeise	Haubenmeise	Ameise
Lastkahn	Fischerkahn	Äppelkahn	Pelikan
Faltboot	Ruderboot	Segelboot	Angebot
Optimist	Pessimist	Bigamist	Bockmist

(Der Fremdkörper ist allemal das letzte Wort.)

Wer alle Außenseiter gefunden hat, darf sich selber gratulieren. Wer nicht alle gefunden hat, sollte sich ziemlich gewaltig schämen.

Hauptspaß

Für »Kopf« kann man bekanntlich auch »Haupt« sagen und umgekehrt. Dies bedenkend, dürfte es leicht fallen, für die links abgedruckten Umschreibungen die üblichen Ausdrücke zu finden.

Kopfstück	(Hauptteil)
Kopfmeeting	(Hauptversammlung)
Kopfknappheit	(Hauptmangel)
Kopfherr	(Hauptmann)
Kopfmensch	(Hauptperson)
Walzenförmiges Kopfkissen	(Hauptrolle)
Kopfunterkunft	(Hauptquartier)
Kopfding	(Hauptsache)
Kopflast	(Hauptgewicht)
Kopfverpflegung	(Hauptnahrung)
Kopfspeisung	(Hauptmahlzeit)
Blutbahn im Kopf	(Hauptschlagader)
Job für Kopfarbeiter	(Hauptberuf)
Kopfschuss	(Haupttreffer)
Hauptriss	(Kopfsprung)
Hauptzahlungsmittel	(Kopfgeld)
Negerhaupt	(Mohrenkopf)
Korpulentes Haupt	(Dickkopf)
Unsinnhaupt	(Quatschkopf)

So   oder   so?

Ab-	trennerei	Abt-	rennerei
Auto-	steuer	Autos-	teuer
Be-	streben	Best-	reben
Bürger-	steig	Bürgers-	teig
Ei-	dotter	Eid-	otter
Ein-	sendung	Eins-	endung
Er-	drücken	Erd-	rücken
Fein-	strumpf	Feinst-	rumpf
Feuer-	sturm	Feuers-	turm
Gast-	rolle	Gas-	trolle
Ge-	heule	Geh-	eule
Haus-	tier	Hau-	stier
Ka-	pelle	Kap-	elle
Ka-	raffe	Kar-	affe
Kon-	dominat	Kondom-	inat
Leber-	egel	Lebe-	regel
Meister-	stücke	Meisters-	tücke
Po-	lente	Pol-	ente
Rinder-	tränken	Rind-	ertränken
Ritter-	leben	Ritt-	erleben
Tau-	fliege	Tauf-	liege
Ur-	instinkt	Urin-	stinkt
Vor-	marsch	Vorm-	arsch
Wach-	stube	Wachs-	tube
Windes-	eile	Winde-	seile

Neue Texte

Zur Deckung des enormen Schlagerbedarfs sollten noch mehr als bisher Vornamen und Erdkundliches herangezogen werden. Hier einige Vorschläge.

Ach, Amanda
aus Uganda!

Oft träumt Leo
von Borneo.

Hallo, Irma,
magst du Birma?

Theophil
weilt am Nil.

Meine Meta
reist nach Kreta.

Küss mich, Grit,
in Madrid!

Lieber Karl,
kennst du Marl?

Tante Vera
wohnt in Gera.

Hey, Regina,
auf nach China!

Oh, Carola
aus Angola!

Auf geht's, Thea,
nach Korea!

Käpt'n Hein
schwärmt vom Rhein.

Ich lieb' Ada
aus Granada.

Laut rühmt Jens
Pirmasens.

Bitte, Heinz,
zeig mir Mainz!

Onkel Torsten
stammt aus Dorsten.

Womöglich zeugen clevere Leser nach dem vorgegebenen Muster weitere Schlagertitel der Zukunft?

Bekannte Tiere

C-bra
C-c-fliege
F-chen
G-pard
H-bicht
H-se
K-k-du
K-ninchen
K-ter
L-ster
M-se
N-te
O-k-pi
P-likan
Q-gelfisch
R-pel
S-sigfliege
V-ltier
W-bervogel
Lan-z-fischchen

Kleine Tierschau

Wer da glaubt, dass auf unserem Planeten keine Geschöpfe mehr zu entdecken seien, der irrt gewaltig. Nachstehende Liste beweist es.

Alim	–	ente
Ang	–	eber
At	–	trappe
Glask	–	elch
Gesch	–	natter
Kata	–	falk
Kinos	–	aal
Kla	–	motte
Klis	–	tier
Grauk	–	alk
Merk	–	ur
Oberst	–	imme
Schlar	–	affe
Sit	–	zecke
Spel	–	unke
Vers	–	tümmler
Vork	–	ammer

Pläsierchen mit Tierchen

Zu den angegebenen Definitionen sollen die eingebürgerten Fachwörter gefunden werden. Sicherlich kein Problem für Zoologiker!

Auerochsenhüpfer	(Ursprung)
Blütengeschmückter Laufvogel	(Blumenstrauß)
Borstentier an der Segelstange	(Mastschwein)
Flugtier in der Eisenbahn	(Zugvogel)
Gertenbewehrter Schwimmvogel	(Stockente)
Biesfliege auf einem Greiforgan	(Handbremse)
In Bretterbau hausendes Reptil	(Schuppenechse)
Kopfwärmer kraushaariger Hunde	(Pudelmütze)
Kosmopolitischer Singvogel	(Weltstar)
Kreuzung aus Emse und Leu	(Ameisenlöwe)
Kullerndes rundliches Hündchen	(Rollmops)
Lebewesen mit Leibriemen	(Gürteltier)
Leu in einem Prachtraum	(Salonlöwe)
Nässe liebender Gockel	(Wasserhahn)
Pelztier im Binnengewässer	(Seebär)
Redebegabtes Schalentier	(Sprechmuschel)
Starker Katzengatte	(Muskelkater)
Ziemlich kaltes Kriechtier	(Kühlschlange)
Ferkel im Ozean	(Meerschweinchen)

Wabenrätsel

Um die Zahlen herum sind zwei Wörter einzutragen. Sie beginnen jeweils im Feld mit dem Strichlein, verlaufen im Uhrzeigersinn und bedeuten folgendes:
1 Schiffsbestand eines Staates, 2 Immen.
Bei richtiger Lösung ergeben 1 und 2 zusammen eine Bezeichnung für hübsche Mädchen.

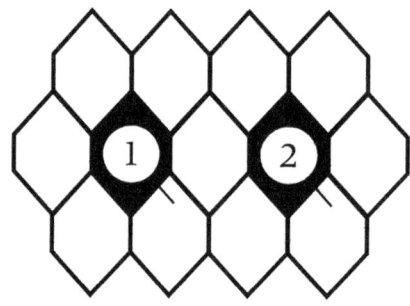

(1 Flotte, 2 Bienen, 1 und 2: Flotte Bienen)

Nach dem Raten mache man möglichst viele Pausen! Rätselfreunde sollten diese dann ausfüllen.
Nachtrag
Mit Pausen sind hier natürlich Ablichtungen obiger Figur gemeint.

Suchrätsel

Im folgenden Brief sind die Namen von 21 Körperteilen versteckt. Sie können dort auch mit Kleinbuchstaben beginnen und Lücken überspringen. Viel Erfolg beim Suchen!

Liebe Annabella,

ich weile bereits zehn Tage in Rohrdorf am Alpenrand.

Bis gestern war ich täglich mit Emil zum Langlauf. Den Abfahrtslauf mochte ich nie recht. Emil meinte jedoch, das sei harmlos. Er sauste einen Hang hinunter, und fast ging alles gut. Aber gegen Ende kam eine Klippe. Emil stürzte, und ich hörte seine Skier knacken. Der Ärmste schaute bedeppert um sich und sagte: »Schande! Beinah wäre es gelungen. Na, zum Glück brachen nur die Bretter!« Aber ich glaube, er ist schlau geworden und lässt in Zukunft die Schussfahrt.

Ich bleibe noch zwei Wochen hier. Doch ich sehne mich schon nach Dir und möchte Dich bald wieder an mich drücken.

Schreib auch mal, und sei herzlich gegrüßt von

Deinem Micha

(Nabel, Leber, Zeh, Ohr, Milz, Niere, Arm, Galle, Lippe, Nacken, Haut, Hand, Bein, Lunge, Rachen, Auge, Leib, Sehne, Rücken, Bauch, Herz.)

Eine bedeutsame Frage

Wie sind die folgenden Menschen zu beurteilen?

Murrer
Wetterer
Haderer
Höhner
Quasseler
Schwätzer
Schleicher
Lauerer
Balger
Bolzer
Borger
Nassauer
Spalter
Filzer
Streiter
Oberstreiter

(Antwort: Alle Genannten können brave Erdenbürger sein. Es handelt sich nämlich ausnahmslos um Bewohner deutscher Orte, wie man aus jedem Postleitzahlenbuch ersehen kann.)

Un-Sinn

unbedacht	=	ohne Dach
unbekannt	=	ohne Kanne
unbewegt	=	wegelos
Unding	=	keine Sache
uneben	=	früher
uneins	=	alle Zahlen außer 1
Unfall	=	kein Sturz
ungehalten	=	Ball im Tor
Ungemach	=	kein Zimmer
ungeraten	=	offenes Rätsel
Ungeschick	=	kein Schicksal
Unkosten	=	keine Ausgaben
Unkraut	=	kein Kohl
Unmenge	=	wenig
Unmensch	=	Tier
Unrat	=	kein Tipp
Unstern	=	kein Himmelskörper
Untat	=	keinerlei Handlung
Untier	=	kein Lebewesen
Unwetter	=	keinerlei Klima
Unzahl	=	keine Ziffer

Kreuzworträtsel mit Macken

1	2	3
4		
5		

Waagerecht:
1 falsch geschriebenes Gewässer, 4 männliches Rind mit Rechtschreibfehler, 5 Hafenmauer mit falscher Orthographie.
Senkrecht:
1 saugende Strömung mit Schreibfehler, 2 falsch geschriebenes Kriechtier, 3 Raubfisch mit Schlechtschreibung.

Waagerecht:	1 Seh,	4 Oxe,	5 Kei.
Senkrecht:	1 Sok,	2 Exe,	3 Hei.

Beherzt gemerzt!

Ein guter Deutscher sollte nicht nur Fremd*wörter*, sondern auch Fremd*silben* ausmerzen. Entsprechender Übungsstoff ist angefügt. Zu seiner Meisterung benutze man folgende Hilfen:
bi bzw. di = zwei, ex = aus, inter = zwischen,
kon = mit, mini = klein, per = durch, post = nach,
pan = all, re = wieder, mon = ein, pro = für.
Und nun mutig an die Arbeit!

Biber	(Zweiber)
Exzellenz	(Auszellenz)
Intermezzo	(Zwischenmezzo)
Konsole	(Mitsole)
Minima	(Kleinma)
Persönchen	(Durchsönchen)
Postbote	(Nachbote)
Panflöte	(Allflöte)
Reformer	(Wiederformer)
Bianka	(Zweianka)
Monsignore	(Einsignore)
Proportion	(Fürportion)
Interpol	(Zwischenpol)
Konfusion	(Mitfusion)
Reporter	(Wiederporter)
Bisam	(Zweisam)
Expressgut	(Auspressgut)

Intervall	(Zwischenvall)
Konrad	(Mitrad)
Probierglas	(Fürbierglas)
Montagearbeiter	(Eintagearbeiter)
Reling	(Wiederling)
Direktoren	(Zweirektoren)
Viper	(Vidurch)
Mondäne	(Eindäne)
Dilemma	(Zweilemma)
Provision	(Fürvision)
Postsendung	(Nachsendung)
Retorte	(Wiedertorte)
Konfusion	(Mitfusion)
Minimax	(Kleinmax)
Marzipan	(Marziall)
Perversität	(Durchversität)
Postarbeiter	(Nacharbeiter)
Revierförster	(Wiedervierförster)

Abschließend eine Aufgabe als Leistungstest:

Propangas	(Fürallgas)

Wer die Aufgabe richtig gelöst hat, der ist nun im Merzen ein Experte oder vielmehr ein Ausdurchte.

Exerzitium

Experten werden die folgenden Exempel exakt und exzellent lösen,
ohne die extra eingeklammerten Explikationen abzugucken.

Verklungenes Gebetswort	(Examen)
Zerstörtes Markenauto	(Exaudi)
Frühere Fahrtrichtung	(Exkurs)
Erledigte Aufgabe	(Exmission)
Ehemaliger Fußgänger	(Expedient)
Verfallener Hafen	(Export)
Gewesene Lage	(Exposition)
Vergangene Nötigung	(Expression)
Abgerissener Gebäudeteil	(Extrakt)
Einstiger Mittelpunkt	(Exzenter)
Bekehrter Gebäudenarr	(Exhaustor)

Wer alles allein herausbekommen hat, der trinke darauf ein Glas
extraordinären Sekt. Natürlich ex!

Lehrsätze

Mit den schräg gedruckten Erdkundebegriffen lassen sich Sätze bilden, die wohl jeden sprachlich bereichern werden.

Wien
Er benahm sich Wien Flegel.

Bremerhaven
Der Bremerhaven ist groß.

Wasserkante
Ob der Vagabund überhaupt Wasserkante?

Eismeer
Am Kiosk gab es kein Eismeer.

Saalfeld
Schön, wenn Licht in einen Saalfeld.

Saarbrücken
Natürlich führen über die Saarbrücken.

Rosenheim
Herr Müller brachte neulich Rosenheim.

Wolfgangsee
Wolfgangsee ich dich bald wieder?

Freudenstadt
Jeder wünscht sich Freudenstadt Leiden.

Nur keine Missverständnisse!

In der rechten Spalte steht, was *nicht* gemeint ist.

Revolte	– Ray wollte.
Philharmonie	– viel Harmonie
Kombinat	– Kombi naht.
Exeget	– Echse geht.
Kulak	– Kuh lag.
Rechtsanwalt	– Rächt 's Anwalt?
Gewährsmann	– Gewähr 's man!
Wehrhoheit	– Wer, Hoheit?
Widukind	– Wie, du Kind?
Kommt Theobald?	– Kommt Theo bald?
Wolltier	– Wollt ihr?
Pastor	– Passt Tor?
Lizzi	– Litt sie?
Feldflasche	– Fällt Flasche?
Rettich	– Rett dich!
Versuchsperson	– Versuch 's, Person!
Landheer	– Land her!
Kruzitürken	– Crew, zieh Türken!

Rund ums Auto

Hier und jetzt können alle Auto-Autoritäten ihre Sachkenntnis beweisen, ohne die eingeklammerten Lösungen abzulesen.

Lebensbeschreibung von Kraftwagen (Autobiografie)

Kraftwagenfan (Autoanhänger)

Kraftwagenteilchen (Autogramm)

Beeinflussung von Kraftwagen (Autosuggestion)

Kraftwagentransportmittel (Autobahn)

Reptil im Kraftwagen (Autoschlange)

Kraftwagenunterkunft (Automobilbau)

Landwirt mit Kraftwagen (Automobilbauer)

Kraftwagenlenkung (Autosteuer)

Kraftwagenkleidung (Autowäsche)

Seemann mit Kraftwagen (Automaat)

Ort mit Kraftwagenherstellung (Autowerkstadt)

Mietauto während Heilbehandlung (Kurtaxe)

Sündhafte Kraftwagen (Laster)

Chauffeur ohne Ausbildung (Autodidakt)

Alter Kraftfahrer (Autoknacker)

Karosseriematerial (Blech)

Laiengespräche über Kraftwagen (Blech)

Er-bauliches

Leute vom Bau haben es natürlich nicht nötig, ihre Augen auf die eingeklammerten Fachbezeichnungen zu werfen.

Volkstanzgebäude	(Reihenhaus)
Kellnergebäude	(Oberhaus)
Rätsellösegebäude	(Rathaus)
Kreationsgebäude	(Zeughaus)
Pumpgebäude	(Leihhaus)
Frohsinngebäude	(Freudenhaus)
Hochhaus	(Bergbau)
Metallkate	(Eisenhütte)
Garantiepalast	(Sicherheitsschloss)
Gischt-Wehrbau	(Schaumburg)
Harem	(Frauenzimmer)
Heulzimmer	(Weinstube)
Gefrorener Vorraum	(Eisdiele)
Schräger Baugrund	(Hängeboden)
Gebäudesanierer	(Hausarzt)
Gebäudeliebhaber	(Hausfreund)
Gebäudenarr	(Haustor)

Charaktertest

Wählen Sie aus jeder der 12 Reihen den Ihnen genehmeren Ort! Geben Sie sich für links abgedruckte Gemeinden jeweils zwei Punkte, für rechts stehende einen Punkt, und entnehmen Sie der angefügten Wertung die Einschätzung Ihrer Person!

1.	Liebenstadt	Hassendorf
2.	Rosenheim	Krautheim
3.	Wackernheim	Memmendorf
4.	Reinheim	Müllheim
5.	Wassersuppe	Fisch
6.	Freiberg	Fronberg
7.	Friedenfels	Kriegsfeld
8.	Katzenberg	Rattenberg
9.	Schaffhausen	Gammelshausen
10.	Weißbach	Schwarzbach
11.	Schönbach	Miesbach
12.	Wahrstorf	Lüge

Wertung

24 Punkte: Sie sind ein wahrer Tugendbold.

23-13 Punkte: Sie sind ein unsicherer Kantonist.

12 Punkte: Sie sind ein tolles Früchtchen.

Schlussbemerkung

Alle aufgeführten Orte gibt es tatsächlich. Zweifler können sich davon durch jeden guten Atlas überzeugen.

Echo-Wahrheiten

Wie nennt man den Naturwald? (Urwald)
Wer wohnt im Ober-Spreewald? (Ewald)
Was ist schön anzuschauen? (Auen)
Was wächst an manchen Teichen? (Eichen)
Zu teuer sind oft Kleider. (leider)
Wann zeigen Nonnen Knie? (nie)
Wer trotzt der Frauen Waffen? (Affen)
Wer hat denn keine Mängel? (Engel)
Was sollt' man recht bemessen? (Essen)
Was toppt wohl schlechte Weine? (echte Weine)
Klar, Raucher brauchen Tabak. (rauchen Tabak)
Wer fürchtet keine Schrecken? (Recken)
Killerspiele machen froh. (roh)
Hat jede Fernsehshow Niveau? (i wo)
Wer hat sehr viele Kinder? (Inder)
Stark macht eine Kleinigkeit. (Einigkeit)
Was behebt Gemeinsamkeit? (Einsamkeit)
Wie schön ist doch das Leben! (eben)

Klarstellungen

Arier
ist nicht, wie Laien glauben, ein Landwirt, sondern ein Opernsänger.

Agame
ist nicht, wie Laien glauben, ein Mädchenname, sondern eine dickfleischige Tropenpflanze.

Balkan
ist nicht, wie Laien glauben, ein offener Hausvorbau, sondern ein dickes Kantholz.

Fase
ist nicht, wie Laien glauben, eine Entwicklungsstufe , sondern ein Blumengefäß.

Kaverne
ist nicht, wie Laien glauben, eine Weinschenke, sondern eine Soldatenunterkunft.

Kontrakt
ist nicht, wie Laien glauben, ein Gegensatz, sondern eine Berührung.

Luzerne
ist nicht, wie Laien glauben, eine Straßenleuchte, sondern der Sammelname für die Stadt und den Kanton Luzern.

Makrone
ist nicht, wie Laien glauben, eine Esskastanie, sondern eine ältere,
ehrwürdige Frau.

Manie
ist nicht, wie Laien glauben, ein Frauenname, sondern Zauber-
kunst.

Muräne
ist nicht,wie Laien glauben, ein Kopfschmerzanfall, sondern eine
Gesteinsablagerung.

Region
ist nicht, wie Laien glauben, die Gottesverehrung, sondern eine alt-
römische Soldatenschar.

Sabine
ist nicht, wie Laien glauben, ein Schiffswohnraum, sondern ein Salz-
bergwerk.

Stromer
ist nicht, wie Laien glauben, ein Elektriker, sondern ein Binnen-
schiffer.

Fußballersprache

Angesichts der Massenbegeisterung für das Fußballspiel muss jeder, dem sein Ansehen lieb ist, mitreden können. Dabei soll eine kleine Tabelle mit den wichtigsten Fachausdrücken allen Laien helfen.

Fußballspieler	=	Kicker
Fußball spielen	=	kicken, boken, mauken
Gute Angriffsreihe	=	Wundersturm
Guter Außenstürmer	=	Flankengott
Geschickter Fummler	=	Dribbelkünstler
Schlechter Spieler	=	Flasche, Krampe, Niete, Pfeife, Versager
Simulierender Spieler	=	Freistoßleiche
Scharfer Schuss	=	Bombe, Granate, Geschoss, Rakete, Hammer, Schrumme, Wumme
Scharf schießen	=	ballern, buffen, dreschen, wuchten, knallen, abfeuern, kanonieren
Den Ball verfehlen	=	onkeln, zappen
Abdriftender Schuss	=	Quaddermauke
Schuhspitzenschuss	=	Pieke
Gelungenes Zuspiel	=	Traumpass
Gutes Zusammenspiel	=	Musterkombination
Unfair spielen	=	bolzen, holzen, klotzen, ruppen, schruppen
Foulspiel	=	Nickligkeit
Torkasten	=	Gehäuse, Kahn, Heiligtum
Tolle Torwartaktion	=	Glanzparade

Sportquiz

Wer nicht als Feigling gelten will, der muss sich auf der Stelle den folgenden sieben Sportfragen stellen. Für jede richtige Antwort gibt es einen Punkt, und am Ende winken leistungsgerechte Titel.

1. Was sind Elfen?
   (Fußballmannschaften)

2. Warum zählt Fußball zum Rasensport?
   (Weil da die Zuschauer rasen)

3. Zählt auch Autorennen zum Rasensport?
   (Klar, da rasen ja die Fahrer)

4. Welches ist der fettigste Sport?
   (Der Transport)

5. Welcher Schlag fällt auch den härtesten Boxer?
   (Der Herzschlag)

6. Welche Tiere dienen in Sporthallen als Turngeräte?
   (Pferd und Bock)

7. Wieso heißt ein bestimmtes Turngerät Trampolin?
   (Weil manche Sportler darauf rumtrampeln)

Wertung:

7 Punkte = Ratsportkanone,
6 Punkte = Ratsportass,
5 Punkte = Ratsportmeister,
4 Punkte = Ratsportgeselle,
3 Punkte = Ratsportlehrling,
2 Punkte = Ratsportschüler,
1 Punkt = Ratsportkindchen,
0 Punkte = ratloser Unsportler

Silbenrätsel

ckel – de – en – es – ge – ka – ne – nen –
nu – pa – rad – ral – ren – stab – te – ten

Aus obigen Silben sind 5 Wörter zu bilden und auf die jeweils zutreffende Linie zu schreiben. Bei richtiger Lösung nennen die äußeren Senkrechten aufwärts gelesen je eine Wettererscheinung und abwärts gelesen eine ethno-logische Feststellung.

1
_____
Schnuller
2
_____
lockeres Staatenbündnis
3
_____
Offiziersstock
4
_____
Seitensprung
5
_____
Sportveranstaltung

(1 Nuckel, 2 Entente, 3 Generalstab, 4. Eskapade, 5 Radrennen.
Äußere Senkrechten
Aufwärts: Regen, Nebel. Abwärts: Neger leben)

Geschüttelte Sprüche

Im Anfang war was dort.
(Im Anfang war das Wort.)

Ein Wann, ein Mord.
(Ein Mann, ein Wort.)

Reine Kegel ohne Ausnahme.
(Keine Regel ohne Ausnahme.)

Ohne Preis kein Fleiß.
(Ohne Fleiß kein Preis.)

Erst beginn's, dann besinn's!
(Erst besinn's, dann beginn's!)

Besser richten als schlichten.
(Besser schlichten als richten.)

Besser arg als karg.
(Besser karg als arg.)

Bei Gott ist dein King unmöglich.
(Bei Gott ist kein Ding unmöglich.)

Was lange gärt, wird Wut.
(Was lange währt, wird gut.)

Würze ist des Kitzes Seele.
(Kürze ist des Witzes Seele.)

Ableitungen

Hier werden aus den normal gedruckten Begriffen die schräg gedruckten Ableitungen erschlossen. Man lese und staune!

Spaltwerkzeug	=	Keil
mehrere Spaltwerkzeuge	=	*Keilerei*
Drucksache	=	Kuss
Frevelhafte Drucksache	=	*Sündikuss*
Mist	=	Dung
Unbearbeiteter Mist	=	*Rohdung*
Drehpunkt	=	Pol
Einziger Drehpunkt	=	*Monopol*
Landschaft	=	Gau
Landschaftsbewohner	=	*Gauner*
Leiden	=	Krankheit
Augenleiden	=	*Sehkrankheit*
Geflügeltes Fabeltier	=	Greif
Statisches Fabeltier	=	*Stehgreif*
Aufnahmeraum	=	Studio
Aufgenommener	=	*Studiosus*
Großraum	=	Saal
Hübscher Großraum	=	*Schicksaal*
Mut	=	Mumm
Großmut	=	*Maximumm*
Kleinmut	=	*Minimumm*
Essen	=	Mahl
Imbiss	=	*Minimahl*
Bankett	=	*Maximahl*

Ana-logische Geschlechter

der Belt
der Feld
der Geld
der Welt
der Zelt

die Bahn
die Hahn
die Kahn
die Kran
die Plan
die Schwan
die Span
die Tran
die Wahn
die Zahn

das All
das Ball
das Drall
das Fall
das Knall
das Schall
das Stall
das Wall

Worte und Taten

»Anstand ziert und kostet nichts«,
sagte der Jäger und stieg auf den Hochsitz.

»Johanna geht, und nimmer kehrt sie wieder«,
sagte die Raumfegerin und kündigte.

»Sie haben ja einen Vogel!«,
sagte Frau Brösicke zu ihrer Nachbarin und
betrachtete deren Wellensittich.

»Hier steht ja: Die Männer sind schon die Liebe wert«,
sagte die Redakteurin kopfschüttelnd und
ersetzte das L durch ein H.

»Nun muss sich alles, alles wenden«,
rezitierte die Lehrerin, und prompt drehten
sich alle Kinder ihrer Klasse um.

»Ich schmier' dir gleich eine«,
sagte die Mutter zu ihrem Sohn und
machte ihm eine Butterschnitte zurecht.

»Auf dieser Rechnung steht ja: Gesamtbetrag«,
sagte der geprellte Kunde und ersetzte
den vorletzten Buchstaben durch ein u.

»Der Wetterbericht hatte doch für heute
keinerlei Niederschlag prophezeit«,
sagte der Boxer und wand sich im Ringstaub.

»Ich finde, Boxer haben eine zu große Schnauze«,
sagte Frau Uhl und kaufte sich einen Dackel.

Verwandlungsrätsel

Die folgenden Aufgaben sind zu lösen, indem man auf jeder Zeile einen Buchstaben auswechselt und dabei nur Hauptwörter bildet.

Wie kommt ROLF zu GERD?

ROLF

_____

_____

_____

GERD

(ROLF, GOLF, GOLD, GELD, GERD)

Wie kommt die BASE zum LIFT?

BASE

_____

_____

_____

LIFT

(BASE, BAST, LAST, LIST, LIFT)

Wie kommt die MAID nach BONN?

MAID

———————————

———————————

———————————

BONN

(MAID, MAIN, MANN, BANN, BONN)

Wie kommt der HUND zur MAUS?

HUND

———————————

———————————

———————————

MAUS

(HUND, HAND, HANS, HAUS, MAUS)

Wer selbst Verwandlungen bilden kann, darf sich künftig Verwand-
lungskünstler nennen.

Beton-Gedichte

Man baut Beton in Häuser und Bastionen,
doch hier geht es um richtiges *Betonen*.

Appell an die Menschlichkeit
Oh, stört nicht die Kreise
der Kleinen am Eise!

(der kleinen Ameise!)

Bekenntnis eines Monteurs
Ich liebe die Montage, Kind,
sofern sie auch Lohntage sind.

(Der Mann liebt nicht die Zusammenbauerei,
sondern fallweise die Mehrzahl von Montag.)

Geschmackssache
Es ist bekanntlich so: Hienieden
sind die Geschmäcker sehr verschieden.
Was mich betrifft – ich sage frei:
Mir geht nichts über Saue-rei.

(über Sauer-ei.)

Radio-Aktivität
Singt eine Frau im Funk Sopran,
dann strahlt sogar noch manch Uran.

(manch Urahn.)

Einleuchtende Erklärungen

Ausschuss	=	Fehlschlag beim Fußballspiel
Besucherstrom	=	Elektrizität für Gäste
Cliquenbildung	=	Wissensstand von Sippschaften
Denkweise	=	Philosophin
Eisscholle	=	gefrorener Plattfisch
Festpreis	=	Kosten für eine Feier
Geheimrat	=	vertraulicher Tipp
Heimkehrer	=	Hausfeger
Idealfall	=	vorbildlicher Sturz
Jammerlappen	=	wehklagende Nordeuropäer
Kornkammer	=	Stübchen mit Getreideschnaps
Luftaufnahme	=	Einatmung
Nietenhose	=	Versagerbeinkleid
Ohrenschmaus	=	Verzehr von Gehörorganen
Platzangst	=	Furcht vor Zerbersten
Quantentheorie	=	Lehre von den Füßen
Ringkampf	=	Streit um einen Fingerschmuck
Scheinblüte	=	Inflation
Trommelfeuer	=	Paukenbrand
Unkenruf	=	Krötenprestige
Vollpension	=	restlos belegtes Fremdenheim
Weingeist	=	heulendes Gespenst
Zimmermann	=	Herr in einer Stube

Kleine Völkerkunde

Zur Festigung der Verwandten- und Freundesbande eignet sich vorzüglich das Suchen von Nationen. Schon der kleine Moritz weiß: Es gibt eine deutsche, eine polnische, eine französische Nation und so weiter und so weiter.

Hier geht es natürlich um weniger geläufige Nationen, nämlich um die Determi-nation, die Dekli-nation, die Stag-nation und dergleichen.

Wer in zehn Minuten zehn solcher Nationen gefunden hat, verdient den Titel »Erfolgs-Volkskundler«.

(*Lösungen*, ohne Anspruch auf Vollständigkeit:
Deto-nation, Elimi-nation, Faszi-nation, Halluzi-nation, Illumi-nation, Indig-nation, Into-nation, Kombi-nation, Kulmi-nation, Ordi-nation, Resig-nation, Termi-nation.)

S-k-paden
(Eskapaden)

Alle Schriftbilder auf dieser und auf der nächsten Seite enthalten das Zeichen S. Dies ist hier immer in seiner Lautung zu erfassen, also S = Es. Auch andere Einzelbuchstaben sind nach ihrem Klang zu betrachten (Z = Zett, K = Ka und so weiter.)
Ein Meisterrater, wer auch nur einige der Eskapaden (Streiche) durchschaut!

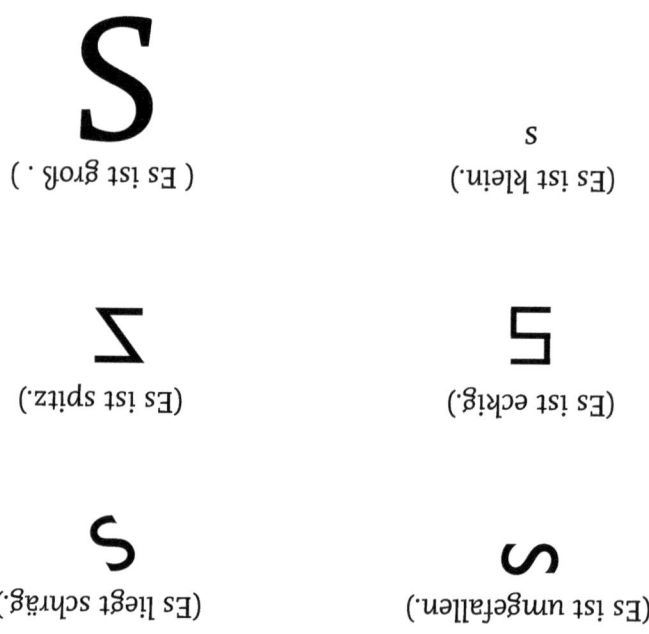

(Es ist groß .)

(Es ist klein.)

(Es ist spitz.)

(Es ist eckig.)

(Es liegt schräg.)

(Es ist umgefallen.)

s S s   S s s

(Es wird kleiner.)   (Es wird größer.)

S ist . 9   S ist †

(Es ist Punkt neun.)   (Es ist ein Kreuz.)

S
ZL

(Es steht auf dem Zett-el.)

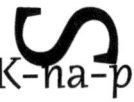
K-na-p

(Es liegt auf dem Kanapee.)

S gab K-k-o und T

(Es gab Kakao und Tee.)

Städte-Gedichte
ana-logisch geschrieben

Ein Angler fing im Raum von Soest
'nen Karpfen, der war schon bemoest.
Er kochte das Tier
in Pilsener Bier.
Das war für den Fisch auch kein Troest!

Auf einem Dackel in Bordeaux
saß einst ein klitzekleiner Fleaux.
Er lachte freaux
und dachte: Heaux,
hier lebt sich's besser als im Zeaux.

Ein junger Boxerrüde aus Lille
besaß ein furchtbar plattes Profille.
Doch Hundedamen
ins Schwärmen kamen:
»Der Kerl hat aber ville Sex-Appille!«

Ein fauler Playboy aus Montreux
ging täglich in die Bar. Parbleux!
Dort saß er locker
auf hohem Hocker
und sprach: »Ich streb' halt in die Heux.«

Es lag ein Gent aus Liverpool
bis mittags stets im Sündenpfool.
Doch hinterher
tat er sich schwer
bei Fernsehen im Schaukelstool.

Es wollt' ein Ehemann aus Brighton
von früh bis spät nur wellenrighton,
und seine Frau
erklärte schlau:
»*So* darfst du mir ruhig entglighton.«

Einst leerte 'ne Lady aus Sutton
im Restaurant zwei Kalte Plutton.
Ihr schien nach dem Essen,
sie hätt' was vergessen.
So war's auch. Und zwar ihren Gutton!

Ein Schotte reiste nach Boston
in Nordamerikas Oston.
Das heißt, er fuhr
im Traume nuhr.
So sparte er glatt die Koston.

Besuchskartenrätsel

Die Antworten auf die gestellten Fragen erhält man, wenn man die Buchstaben der Visitenkarten entsprechend ordnet.

Was ist die Lieblingsspeise dieses Herrn?

UDO ORLAN

KEHL

(Kohlroulaaden)

Welches Musikinstrument spielt dies Mädchen?

KARIN DUNO

HAMM

(Mundharmonika)

Berühmte Erfinder und ihre Schöpfungen

Brand	–	Herd
Busch	–	Messer
Heck	–	Motor
Fischer	–	Boot
Groß	–	Segel
Klein	–	Wagen
Jung	–	Brunnen
Kant	–	Haken
Kern	–	Reaktor
Koch	–	Löffel
Schwarz	–	Pulver
Stamm	–	Tisch
Zimmer	–	Antenne

Der größte Erfinder aller Zeiten dürfte ein gewisser Weiß gewesen sein, wie nachstehende Zusammenstellung zeigt.

Weiß	–	Bier, Käse, Wurst,
		Blech, Buch, Dorn,
		Gerberei, Näherei,
		Wandreifen, Wäsche.

Unterschiede

Einst jagten Menschen in der Urzeit,
heut jagt die Menschen oft die Uhrzeit.

Einst gab es eine Sittenlehre,
heut gibt es eine Sittenleere.

Einst lebten wir einfach und natürlich,
heut leben wir einfach unnatürlich.

Einst waren wir ohne Auto mobil,
heut fahren wir Automobil.

Einst wollten Männer Tolles wagen,
heut wollen Männer tolle Wagen.

Einst wollten wir der Dinge Kern sehn,
heut wollen wir nur noch fernsehn.

Einst hatte mancher Fernsehnsucht,
heut hat so mancher Fernsehsucht.

Einst mocht' die Jugend Lautenklang,
heut mag die Jugend lauten Klang.

Einst gab es Müll in Maßen,
heut gibt es Müll in Massen.

Einst lockte uns das Große, gelt?
Heut lockt uns nur das große Geld.

Einst aß man auswärts manches Mal,
heut ist zu teuer manches Mahl.

Einst hatten wir keine Lastautos,
heut haben wir viele Laster.

Schneckenrätsel

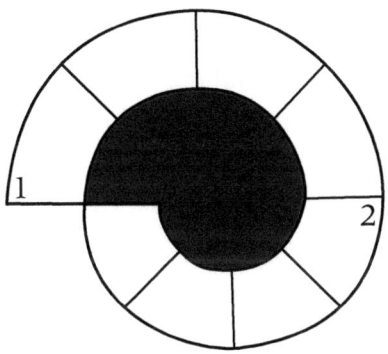

In die Figur sind Wörter folgender Bedeutungen einzutragen:
1 Wohngebäude, 2 unmenschliches Lebewesen.
Bei richtiger Lösung ergeben die Wörter 1 und 2 zusammen eine
treffende Bezeichnung für die Weinbergschnecke.

(1 Haus, 2 Tier, 1+2 Haustier.
Anmerkung: Die Weinbergschnecke hat ein Haus; sie ist also ein
Haustier.)

Rationalisierung

Wir sollten heutzutage nicht nur mit Energie, Wasser und Rohstoffen sparsam umgehen, sondern, wo irgend möglich, auch mit Tinte und Druckerschwärze. Hier einige Anregungen dafür.

deutscher
Maler

alter
Meister

schneller
Sportler

mutiger
Flieger

gescheiter
Arbeiter

schlauer
Bauer

einsame
Dame

r
Scheiche

frische
Fische

Rhein
wein

tolle
Jolle

l
Stange

schöne
Töne

wunderbare
Ware

Till
will

Ralf
half

war Paul
f

Vroni
liebt Toni

von Leute   müssen
heute   sparen

und nicht   spotten
über   Schotten

Sonderbars

Denkbar	=	Trinkstube für Grübler
Belehrbar	=	bildende Trinkstube
Essbar	=	Trinkstube mit Speiseabteilung
Fassbar	=	Trinkstube mit Getränketonne
Fruchtbar	=	Trinkstube mit Obstangebot
Millibar	=	Trinkstube mit Milchgetränken
Genießbar	=	Trinkstube für Lebenskünstler
Mittelbar	=	Durchschnitts-Trinkstube
Gangbar	=	Trinkstube mit Korridor
Heizbar	=	Trinkstube mit Ofen
Reizbar	=	entzückende Trinkstube
Abwaschbar	=	Trinkstube mit Geschirrspülung
Heilbar	=	unversehrte Trinkstube
Offenbar	=	unverschlossene Trinkstube
Sichtbar	=	Trinkstube mit Rundblick
Urbar	=	sehr alte Trinkstube
Verstellbar	=	Trinkstube für Heuchler
Vorzeigbar	=	repräsentative Trinkstube
Wunderbar	=	Trinkstube zum Staunen
Zumutbar	=	akzeptable Trinkstube

Kennzeichenspiel

Verknüpfungen von Autokennzeichen können zu lustigen Ergebnissen führen, wie sich sogleich zeigen wird.

Hagen + Hagen	= HAHA
Hildesheim + Hildesheim	= HIHI
Hof + Hof	= HOHO
Frankfurt/Main + Essen + Zwickau	= FEZ
Ulm + Köln	= ULK
Lauf + Neuss	= LAUNE
Schwerin + Oberhausen	= SNOB
Flensburg + Apolda + Stuttgart	= FLAPS
Heide/Holstein + Nienburg	= HEINI
Darmstadt + Dresden + Bundeswehr	= DADDY
Bad Tölz + Peine + Leipzig	= TÖLPEL
Schweden + Cham + Frankreich	= SCHAF
Hamm + Mettmann + Luxemburg	= HAMMEL
Zittau + Spanien + Gelsenkirchen	= ZIEGE
Esslingen + Emsland	= ESEL
Dortmund + Offenbach + Erlangen	= DOOFER
Augsburg + Frankfurt/Oder + Essen	= AFFE
Schwabach + Hanau + Frankenthal	= SCHUFT
Ludwigshafen + München + Potsdam	= LUMP

Ein Gescheiter spielt heiter weiter!
Dabei kann eine Liste mit den Kraftfahrzeugzeichen sehr hilfreich sein.

Chemische Verbindungen

Die Zeichen für die chemischen Elemente stehen in jedem Lexikon. Mit solcher Hilfe kann wohl jeder die angegebenen Verbindungen herstellen, ohne sofort die eingeklammerten Lösungen abzulesen.

Tellur + Erbium	(TeEr)
Gallium + Schwefel	(GaS)
Molybdän + Osmium	(MoOs)
Wasserstoff + Europium	(HEu)
Aluminium + Germanium	(AlGe)
Holmium + Radon	(HoRn)
Helium + Eisen	(HeFe)
Tantal + Barium + Kalium	(TaBaK)
Wismut + Erbium	(BiEr)
Argon + Radium + Kalium	(ArRaK)
Brom + Gold + Selen	(BrAuSe)
Rhenium + Beryllium	(ReBe)
Barium + Natrium + Neon	(BaNaNe)
Schwefel + Phosphor + Indium + Astat	(SPInAt)
Lithium + Stickstoff + Selen	(LiNSe)
Bor + Sauerstoff + Wasserstoff + Neon	(BOHNe)
Krypton + Americium	(KrAm)
Tantal + Neodym	(TaNd)

Begnadete Alchimisten bilden nun bestimmt noch weitere interessante Verbindungen.

Markenartikel

Helmut Kohl-Rübe
Kurt Beck-Messer
Hubertus Heil-Kraut
Paul Klee-Blatt
Ludwig Richter-Stuhl
Claudia Schiffer-Klavier
Heidi Kabel-Rolle
Marianne Koch-Topf
Roland Kaiser-Krone
Roy Black-Box
Gotthilf Fischer-Netz
Uschi Glas-Perle
Liselotte Pulver-Fass
Romy Schneider-Kreide
Peter Weck-Glas
Maximilian Schell-Fisch
Michael Stich-Säge
Thomas Reiter-Stiefel
Wilhelm Busch-Hemd
Gottfried Keller-Regal
Thomas Mann-Schaft
Max Frisch-Käse
Siegfried Lenz-Pumpe

Geheimschrift

Was bedeuten die folgenden Schriftbilder?

1   W_c & $_wC$

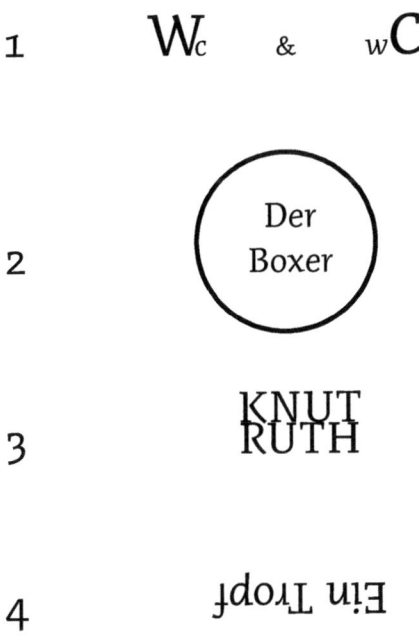

2

3   KNUT
RUTH

4   Ein Tropf

1 großes Weh am kleinen Zeh
und kleines Weh am großen Zeh

2 Der Boxer steht im Ring.
3 Knut steht auf Ruth.
4 Ein Tropf steht Kopf.

Wie bitte?

A wie Atik
E wie Denz
Die wie Dende
Re wie Dieren
Nord wie Etnam
Indi wie Duell
Gra wie Tation
Jo wie Aal
Kla wie Cord
Kupfer wie Triol
Monte wie Deo
Pro wie Sorium
No wie Tät
Ra wie Oli
Wie wie Sektion
Trium wie Rat
Serr wie Ette
Show wie Nismus
Tele wie Sion
Allegro wie Watsche
Antonio wie Waldi
Zieh wie Liszt

Brückenrätsel

Es sind fünf Wörter zu finden, die jeweils zu beiden außen stehenden Begriffen passen. Die Anfangsbuchstaben dieser Brückenwörter ergeben einen Scherzausdruck.

1	FUCHS	_____	HUND
2	SCHLITZ	_____	WURM
3	BRUDER	_____	HAND
4	SPIEL	_____	ZEIT
5	WASSER	_____	LIFT

(1 JAGD, 2 OHR, 3 KUSS, 4 UHR, 5 SKI. - JOKUS)

Lesen und Lösen strengt ganz schön an, gelle? Wie wär's zur Stärkung mit einem Glas Kaffee oder einer Tasse Bier?

Aufklärung

Nicht alles, was wie ein Fremdwort klingt, ist wirklich ein solches.
Einige Beweise folgen.

Genitiv
Geh nie tief ins Meer!

Sonett
Die Gastgeberin war so nett wie möglich.

Satire
Fritzchen ging in den Zoo und sah Tiere.

Molekül
Die Urlauber fanden es auf der Mole kühl.

Nitrat
Herr Tix liebte seinen Hund so sehr, dass er ihn nie trat.

Phosphor
Der Chef stellte seiner Belegschaft Herrn Voß vor.

Insekt
Die Verschwender badeten in Sekt.

Mansarde
Einen Bewohner Sardiniens nennt man Sarde.

Ottomane
Der Gläubiger überlegte: Ob ich den säumigen Otto mahne?

Sanitäter
Der Kaufmann wurde mehrmals bestohlen, aber er sah nie Täter.

Vokabel
Wo Kabel liegen, muss man vorsichtig sein.

Etwa sieben Kalauer *

Meine Tante verbraucht wahnsinnig viel Taschentücher. Kein Wunder, sie ist eine Weinbäuerin.

Ich habe zu Hause eine Fußmatte. Wirklich, meine Frau ist immer fußmatt.

Unlängst offenbarte ich meiner Eheliebsten: »Ich möchte einmal richtig schlemmen.« Prompt schenkte mir die Gute ein Pfund Schlämmkreide.

Kürzlich verkündete der Wetterbericht: »Das Regenwetter wird anhalten.« Dabei hat es am nächsten Tag ununterbrochen geregnet.

Ein gebürtiger Oberschlesier sagte, als es goss: »Gutt, gutt, sich Regen bringt Segen.«

Einem Berliner wurde eine Dame namens Benediktina vorgestellt. Er musterte sie unauffällig und dachte ergriffen: Wahrhaftig, eine Beenedick-Tina!

* genau sind es sechs

Das fehlt uns noch!

Viele meinen, hier zu Lande sei alles zu haben. Die untige Liste nennt jedoch so manches, was wir bislang noch entbehren.

Reife Glühbirnen
Süße Ohrfeigen
Gebrannte Gaumenmandeln
Gebratene Adamsäpfel
Brillen für Hühneraugen
Strümpfe für Nasenbeine
Hüte für Kehlköpfe
Schals für Flaschenhälse
Daunen für Nagelbetten
Vasen für Neurosen
Rasierzeug für Schlüsselbärte
Feuerlöscher für Brandsohlen
Näpfe für Anzugfutter
Armreifen mit Ventil
Wasserhähne mit Gefieder
Fingerhüte mit Krempen
Zahnbrücken mit Geländer
Kleidung aus Gesprächsstoff

Grüblerische Naturen werden bestimmt noch mehr Marktlücken entdecken und vielleicht sogar die andere oder die eine schließen.

Was fehlt hier?

BELG
DAMEN
DREI
FAHR
HERREN
HINTER
KINDER
KON
LENK
MOTOR
RENN
RHÖN
RIESEN
SPINN
VORDER
WAGEN
ZAHN
ZWEI

(Lösung: RAD)

Wer noch Weiteres mit der Endung RAD findet, darf sich als RAD-SPORTLER fühlen.

Übersetzungen

Die folgenden Translationen wollen eine Elimination des Vulgarismus und der Simplizität teutonischer Aphorismen initiieren.

Übung macht den Meister:
Training produziert den Champion.

Der Starke ist am mächtigsten allein:
Der Athletiker ist am potentesten solo.

Undank ist der Welt Lohn:
Ingratus ist des Universums Salär.

Lügen haben kurze Beine:
Irrealitäten haben minimale untere Extremitäten.

Glück und Glas, wie leicht bricht das:
Fortune plus Transparentmaterial, wie unkompliziert destruiert das!

Kleine Geschenke erhalten die Freundschaft:
Minimale Dedikationen konservieren die Solidarität.

Eine Schwalbe macht noch keinen Sommer:
Eine Hirundo kre-iert noch kein Thermoquartal.

Der Mensch lebt nicht vom Brot allein:
Der Homo sapiens existiert nicht von panis exklusive.

Kinder und Narren sagen die Wahrheit:
Infanten plus Naivlinge parlieren die Realität.

Zeit heilt Wunden:
Tempus kuriert Blessuren.

In der Not frisst der Teufel Fliegen:
In der Misere konsumiert der Mephistopheles Brachycera.

Eine Krähe hackt der andern kein Auge aus:
Eine Corvus exkaviert der andern kein Okulus.

Aus nichts wird nichts:
Totales Vakuum evolviert totales Vakuum.

Ende gut, alles gut:
Finale exzellent, summa summarum exzellent.